Avantia
Die Mittelebenen
König Hugos Palast
Die Grasebenen
Die Hauptstadt
Der gewundene Fluss

Alle *Beast Quest Legend*-Abenteuer:

Band 1: Ferno, Herr des Feuers
Band 2: Sepron, König der Meere
Band 3: Arcta, Bezwinger der Berge
Band 4: Tagus, Prinz der Steppe
Band 5: Nanook, Herrscherin der Eiswüste
Band 6: Eposs, Gebieterin der Lüfte
Band 7: Zefa, Gigant des Ozeans
*Band 8: Clark, Riese des Dschungels*

Adam Blade

# Beast Quest
LEGEND

# Clark
# Riese des Dschungels

Aus dem Englischen
übersetzt von Petra Wiese

Illustriert von Helge Vogt

**Band 8**

Loewe

*Mit besonderem Dank an*
*Lucy Courtenay*

*Für Alfie und George –*
*meine persönlichen Biester*

FSC
www.fsc.org
MIX
Papier aus verantwortungsvollen Quellen
FSC® C109273

ISBN 978-3-7432-0771-4
Überarbeitete Neuausgabe des Titels
Beast Quest – *Clark, Riese des Dschungels*
1. Auflage 2020
Für die deutschsprachige Ausgabe:

Erschienen in der Originalserie Beast Quest™.
Aus dem Englischen übersetzt von Petra Wiese
Umschlag- und Innenillustrationen: Helge Vogt
Umschlaggestaltung: Michael Dietrich
Printed in the EU

www.beastquest.de
www.loewe-verlag.de

# Inhalt

# Es ist nicht vorbei!

Denkt ihr wirklich, dass ich nach
einer Niederlage einfach so verschwinde?
Nein! Niemals! Ich bin der mächtige
Magier Malvel und die Bewohner von Avantia
werden noch vor mir erzittern. Ich werde mich
am Königreich rächen. Und als Erstes an
einem Jungen namens Tom.

Er hat die sechs Biester von meinem Fluch erlöst,
aber der Kampf ist nicht zu Ende.
Wartet ab, wie es ihm auf seiner neuen
Mission ergehen wird. Tom und seine Freundin
Elenna treffen auf harte Gegner!

Ich habe sechs neue Biester erschaffen, die böse Herzen haben: Monster-Tintenfisch, Riesenaffe, Steinbeschwörerin, Schlangenmann, Spinnenkönig und dreiköpfiger Löwe. Jedes Biest hütet für mich einen Teil des wertvollsten Heiligtums von Avantia: die Goldene Rüstung. Ich habe sie gestohlen und über das ganze Land verteilt. Wenn der rechtmäßige Erbe sie trägt, erhält er magische Kräfte. Doch Tom wird sie niemals bekommen! Diesmal hat er verloren!

**Malvel**

# Im tiefen Dschungel

Es war heiß und drückend. Der Händler wischte sich den Schweiß von der Stirn und starrte in den dichten Dschungel. Überall ringelten sich Schlingpflanzen wie Schlangen von den Ästen der dunklen Baumstämme.

„Müssen wir da wirklich hineingehen?", fragte der Junge neben dem Mann.

„Wir sind wegen der rubinroten Guja-Frucht Hunderte von Kilometern unterwegs gewesen", entgegnete der Händler seinem Gehilfen.

„Sie wächst nirgendwo anders in Avantia – nur hier im Dschungel."

„Aber die Leute erzählen, dass es hier Monster geben soll", flüsterte der Junge.

Jeder in Avantia kannte die Schrecken des dunklen Dschungels. Nur wenige wagten es, den unheimlichen Urwald zu betreten, weil es hieß, dass man niemals zurückkehre.

Der Händler winkte verächtlich ab.

„Das sind doch nur Märchen, die einen erschrecken sollen", erwiderte er.

„Stimmt es, dass die Guja-Frucht Zauberkräfte besitzt?", wollte der Junge wissen.

Der Händler nickte. „Schon ein Stückchen ihres süßen roten Fruchtfleisches gibt den Angsthasen Mut und macht die Schwachen stark", erklärte er. „Sie wird nur an der Tafel des Königs serviert und ist wertvoller als Rubin."

Der Junge schluckte seine Angst hinunter und nickte.

Als sie in den dunklen Urwald gingen, rochen sie die verfaulten Blätter auf dem matschigen Boden. Baumgroße Farne bogen sich über ihren Köpfen.

Der Händler betrachtete die riesigen Urwaldblumen, die sich von den Bäumen rankten. Sie verströmten einen eigenartigen süßlichen Duft, der an überreifes Obst erinnerte. Er wurde das Gefühl nicht los, dass sie beobachtet wurden.

Ein Ast krachte zu Boden. Der Mann wirbelte herum und zog gleichzeitig sein Messer hervor. Aber er sah nur Schatten.

Beunruhigt marschierten sie weiter. Nach einer Weile mussten sie durch einen stinkenden Sumpf waten. Fauliges, dickflüssiges Wasser schwappte gegen ihre Knie.

„Wir müssen uns beeilen", sagte der Händler.

Er freute sich darauf, den unheimlichen Dschungel wieder verlassen zu können. Aber erst mussten sie die Frucht finden.

Sie gingen jetzt immer schneller. Über sich hörten sie Affen schreien. Es klang, als ob sie die beiden auslachen würden.

Endlich konnte der Händler einen Blick durch den Farn werfen. Er entdeckte einen Baum mit dicken, schimmernden Blättern und großen roten Früchten. Sein Herz machte vor Freude einen Sprung.

Die rubinrote Guja!

Der Mann kletterte den Stamm hinauf und lachte vergnügt.

„Komm her, Junge!“, rief er. „Diese Frucht ist reif für die Ernte. Wo steckst du denn?“

Er sah über seine Schulter zurück, aber der Gehilfe war verschwunden. Nervös blickte sich der Händler um. Aus den Gewächsen

neben ihm drangen Geräusche, die sich wie ein Kampf anhörten. Dann ertönte ein schrecklicher Schrei, der ihn erstarren ließ.

Plötzlich schoss eine riesige Kralle aus den Büschen hervor und grapschte dem Händler die Frucht aus der Hand. Der Mann schrie auf, als ein haariges Gesicht mit blutunterlaufenen Augen auftauchte. Ein schreckliches Maul öffnete sich und gab den Blick auf große gelbe Zähne frei.

„Junge“, krächzte der Händler. „Lauf weg!“

Geschockt blickte er auf den Boden. Was er dort sah, ließ ihm das Blut in den Adern gefrieren. Alles, was noch von seinem Gehilfen übrig war, war ein Stück Stoff seines Hemds.

Vorsichtig blickte der Händler zu dem Biest. Aber es war zu spät! Ein dicker, langer Schwanz mit einer scharfen Kralle schnellte hervor und wickelte sich um seine Hüfte.

Die Schreie des Mannes hallten im Dschungel wider.

Dann war es still.

# Flussüberquerung

Tom ritt mit seinem Hengst Storm ins Landesinnere, weit weg von Avantias Westküste. Elenna saß schweigend hinter ihm und hatte ihre Arme um seinen Bauch geschlungen. Silver, Elennas Wolf, lief neben ihnen her.

Der Kampf mit Zefa, dem Monster-Tintenfisch, war bisher die größte Herausforderung für Tom und seine Freundin Elenna gewesen. Ohne Hilfe von Sepron, dem riesigen Seeungeheuer und Beschützer von Avantias Meeren, hätten sie beide das teuflische Biest nie bezwungen.

In Storms Satteltasche lag ein goldener Helm, der wie ein Adlerkopf geformt war. Sobald Tom ihn aufsetzte, verstärkte sich seine Sehkraft. Der Helm war eines von sechs Teilen der goldenen Rüstung, die ihrem rechtmäßigen Besitzer magische Kräfte verlieh. Einst gehörte diese Rüstung dem Meister der Biester. Doch der war von einer Mission nicht zurückgekehrt. Weil Tom die sechs Biester von Avantia von einem Fluch befreit hatte, wurde er als würdiger Erbe der Rüstung auserwählt. Aber kurz bevor er sie erhalten sollte, stahl der böse Magier Malvel sie und verstreute die Rüstung über ganz Avantia. Um die sechs Teile zurückzuerobern, musste Tom gegen die fürchterlichen Biester von Malvel kämpfen. Zefa war das erste Biest, das er besiegen konnte, und der Helm war seine Belohnung. Doch Malvel hatte nicht nur die Rüstung gestohlen, sondern auch Aduro entführt. Der Zauberer war Tom und Elenna bisher eine große Hilfe gewesen und außerdem der wichtigste Berater von König Hugo.

„Ich mache mir Sorgen um Aduro", sagte Elenna.

„Ja, wir müssen unbedingt das nächste Biest finden. Clark – wer auch immer das sein mag", erwiderte Tom. „Hoffentlich haben wir bald alle Teile der Rüstung zurückerobert. Dann ist unsere Mission beendet und wir können Aduro befreien. Er hat selbst gesagt, dass es keinen anderen Weg gibt."

Silver bellte aufgeregt und Storm warf seinen Kopf hoch.

„Malvel hat zwar Aduro gefangen genommen", meinte Tom. „Aber wir haben immer noch Aduros magische Landkarte. Lass uns nachsehen, wo wir Clark finden können."

Sie stiegen ab und Tom zog eine Pergamentrolle aus der Satteltasche. Während er sie entfaltete, erschien eine leuchtende rote Linie an

der Westküste von Avantia. Sie schlängelte sich erst in Richtung eines breiten Flusses, überquerte ihn dann und endete bei einem Wald im Südosten.

„Ich kann mir schon denken, wohin wir reiten müssen", sagte Tom und runzelte die Stirn. „Genau da ist der Dschungel. Die Menschen von Avantia betreten ihn nur sehr selten."

„Warum gehen sie nicht hinein?", wollte Elenna wissen.

„Sie haben Angst", erklärte Tom. „Seltsame Geschöpfe leben dort. Schlangen und Skorpione mit riesigen Stacheln. Es gibt außerdem giftige Pflanzen und Spinnen, die so groß sind wie deine Hand. Wenn dich nicht die Hitze und die Insekten umbringen, dann tun es unheimliche Wesen."

Vor Schreck bekam Elenna eine Gänsehaut. Tom blickte noch genauer auf die Karte. Im tiefen Dschungel bewegte sich etwas – doch

ehe er mehr erkennen konnte, verschwand es wieder.

„Sieh mal", sagte Tom und zeigte auf die Karte. „Dieses winzige goldene Pünktchen!"

„Das muss das Kettenhemd sein!", antwortete Elenna aufgeregt. „Das zweite Teil der Rüstung."

Hastig rollte Tom die Karte zusammen.

„Auf zum Dschungel!", rief er. „Wir dürfen keine Zeit verlieren."

Tom, Elenna, Storm und Silver folgten dem roten Pfad Richtung Fluss, bis sie in ein grünes Tal kamen. Dort holte Tom die Pergamentrolle erneut hervor. Mit dem Finger folgte er der roten Linie zum dunklen Dschungel.

Als er die Karte das erste Mal betrachtet hatte, war das winzige goldene Kettenhemd am Rand des Urwalds zu sehen gewesen, aber nun schien es mittendrin zu sein.

Hatte Malvel es dorthin gebracht? Toms Herz pochte aufgeregt.

Die Straße führte sie weiter in das Tal hinunter. Schon bald blickten Tom und Elenna auf das glitzernde Wasser des Flusses. Man nannte ihn den gewundenen Fluss, weil er

sich wie eine Schlange durch das Tal schlängelte. In der Nachmittagssonne funkelte das Wasser wie flüssiges Silber.

Die Straße hörte am Fluss auf, aber weit und breit war keine Brücke zu sehen. Laut rauschte das Wasser an ihnen vorüber. Es wäre viel zu gefährlich, ihn hier zu überqueren.

Behutsam holte Tom den goldenen Helm aus der Satteltasche. Sein Herz schlug schneller, als er ihn aufsetzte.

Sofort verschärfte sich seine Sehkraft. Tom konnte jeden einzelnen Grashalm am Flussufer erkennen. Als er stromabwärts blickte, sah er, dass sich der Fluss noch kilometerlang in die Ebene erstreckte.

„Was siehst du?", fragte Elenna gespannt.

„Wirklich alles", erwiderte Tom erstaunt. „Es ist toll! Aber ich sehe keine Brücke."

„Der Fluss schlängelt sich hinter den Bäumen weiter“, meinte Elenna und zeigte stromaufwärts. „Vielleicht gibt es dort eine Brücke, die man von hier aus nicht sehen kann.“

Als sie am Ufer entlangritten, begann Tom, sich Sorgen zu machen, weil es schon dämmerte. Er wollte den Fluss noch vor Einbruch der Dunkelheit überqueren.

Nachdem sie die nächste Flussbiegung hinter sich gelassen hatten, bellte Silver.

„Da!“, rief Elenna.

Endlich hatten sie eine Brücke gefunden.

Aber sie sah sehr alt aus. Das Holz war morsch und knarrte im Wind. An einigen Stellen war die Brücke durchgebrochen und woanders fehlten ganze Stücke. Gefährliche Wasserstrudel schäumten darunter.

„Zusammen sind wir zu schwer“, erklärte Tom und sprang von Storms Rücken. „Aber wenn wir nacheinander hinübergehen, können wir es schaffen … Elenna, bring Silver zuerst rüber!“

Der Wolf brauchte nur drei große Sprünge, dann war er auf der anderen Seite. Die Holzbrücke ächzte und wackelte, aber sie hielt.

Tom blickte Elenna aufmunternd an. Dann überquerte sie die Brücke. Als sie ans andere Ufer sprang, brach ein Holzbrett entzwei und fiel ins Wasser.

„Komm, Storm!", forderte Tom seinen Hengst auf und versuchte, zuversichtlich zu klingen. „Du bist der Nächste."

Das tosende Wasser erschreckte das Pferd, sodass es panische Angst bekam und schließlich verweigerte.

Da ging Tom auf die Brücke, um mit seinem Gewicht zu testen, ob die Bretter halten würden. Die alten Holzplanken knarrten unter seinen Füßen, aber sie zerbrachen nicht.

„Los, alter Junge!", lockte Tom und streckte Storm seine Hand entgegen.

Der Hengst trat einen Schritt vor. Unter seiner Last begann die Brücke, laut zu knacken und zu schwanken. Storm rollte entsetzt mit den Augen, während Tom versuchte, ihn zu beruhigen und vorwärts zu locken.

Plötzlich zersplitterte eine morsche Holzplanke und riss ein großes Loch in die Brücke.

„Wir sind zu schwer!", rief Tom Elenna zu.

Vorsichtig sank er auf die Knie, um sein Gewicht besser zu verteilen. Dann nahm er schnell seinen Helm ab, außerdem löste er Schild und Schwert von seinem Gürtel.

„Fang!", schrie er. Die Brücke knarrte, als er Elenna die Sachen zuwarf.

Nun hatte er nichts mehr, was ihn schützte.

Ohne den magischen Schild musste er ganz auf seine eigenen Kräfte vertrauen.

Langsam betrat Tom das nächste Holzbrett. Es brach auseinander. Entsetzt sah er, wie ein Brett nach dem anderen ins Wasser fiel.

„Los, Storm!", rief er und rannte weiter.

Aber es war zu spät. Der Hengst warf den Kopf zurück und wieherte ängstlich, während die Brücke unter ihm auseinanderkrachte.

„O nein!", schrie Elenna.

Tom und Storm stürzten in den reißenden Fluss.

# Prüfung im Wasser

Als Tom im eiskalten Wasser landete, erfasste ihn sofort eine starke Strömung, die ihn nach unten zog. Neben ihm schlug Storm panisch mit den Hufen. Prustend schaffte Tom es, nach Storms Mähne zu greifen und sich festzuhalten. „Fang die Zügel!“, schrie er Elenna zu. Schnell warf er ihr Storms Zügel entgegen.

„Halt dich fest!“, rief Elenna. Sie stand am Ufer auf seiner Höhe und versuchte, Storm aus dem Wasser zu ziehen.

Mühsam quälte Tom sich durch das aufgewühlte Wasser. Er stöhnte vor Anstrengung, als er endlich Elennas Hand ergriff. Dann schwang er sich aus dem Fluss und ließ sich ins Gras fallen. Elenna hatte Storms Zügel die ganze Zeit nicht losgelassen.

Mit wilden Hufschlägen kämpfte der Hengst gegen die Wellen.

„Wir ziehen ihn zusammen raus!", rief Tom.

Silver rannte bellend am Ufer auf und ab, während sie versuchten, Storm an Land zu ziehen. Doch sie schafften es nicht.

„Komm schon, Storm!", drängte Tom.

Toms Beine zitterten vor Erschöpfung, sodass er auf die Knie sank und sein Pferd flehend anblickte.

Storms Augen waren vor Angst weit geöffnet. Das Wasser ging ihm bis zum Hals. Allmählich verlor er den Kampf gegen den reißenden Fluss.

„Ganz ruhig", murmelte Tom, als ob er mit sich selbst sprechen würde. „Dir passiert nichts."

Er wiederholte seine Worte immer wieder, dann schnalzte er mit der Zunge und Storms Blick richtete sich mehr und mehr auf Tom.

Schließlich bewegte sich der Hengst langsam durch die Fluten. Mit letzter Kraft stemmte er seine Hufe ans Ufer und zog sich hoch.

Tom schlang die Arme um Storms Hals.

Prustend und schnaubend beruhigte sich der Hengst. Erschöpft stupste er Tom am Arm an, während Elenna losrannte, um Gras zu zupfen. Denn das Pferd musste so schnell wie möglich trocken gerieben werden, damit es nicht auskühlte.

Tom nahm Storm den Sattel ab und rubbelte mit den Grasbüscheln über das nasse Fell. Währenddessen zündete Elenna ein Lagerfeuer an. Der Hengst schwankte vor Erschöpfung und ließ sich neben das Feuer sinken.

Tom zog rasch seine Sachen aus und hüllte sich in eine Decke. Seine Kleider würden über Nacht am Feuer trocknen.

Um Essen brauchten sie sich nicht zu kümmern. Silver hatte Elenna einen Hasen gebracht, den er am Flussufer gefangen hatte.

Tom reichte Elenna ein Stück Brot und Käse, während das Fleisch über dem Feuer briet.

Etwas später war der Hase fertig und sie aßen ihn.

„Hoffentlich müssen wir eine solche Prüfung im Wasser nicht noch einmal bestehen", seufzte Elenna.

# Gefahr im Urwald

Am nächsten Morgen stellte Tom erleichtert fest, dass Storm die gefährliche Flussüberquerung gut überstanden hatte. Der Hengst wirkte erholt und voller Kraft. Zum Frühstück aßen sie Fisch, den Elenna im Fluss gefangen hatte.

„Wir müssen los", sagte Tom schließlich. Elenna löschte das Feuer und packte ihre Sachen zusammen.

Nach einer Weile kamen sie auf einen Weg, der vom gewundenen Fluss wegführte.

Je weiter sie durch das Tal ritten, desto steiler wurden die Berge und desto üppiger wuchsen Bäume und Pflanzen.

Dann wurde die Straße immer schmaler, bis sie schließlich nur noch ein mit Schlaglöchern übersäter Steinpfad war. Offenbar kamen hier nur sehr wenige Menschen entlang. Das gefiel Tom nicht. Wenn die Gerüchte über den Dschungel wirklich stimmten, gab es dann überhaupt eine Möglichkeit, Clark zu besiegen und das goldene Kettenhemd zu finden?

Der Pfad führte steil bergauf und die heiße Sonne brannte ihnen auf den Rücken.

Als sie oben auf dem Hügel ankamen, endete der Weg plötzlich. Vor ihnen lag ein riesiger Wald, der sich bis zum Horizont erstreckte.

„Der dunkle Dschungel", flüsterte Elenna.

Der Urwald war riesig. Nur ein schmaler, versteckter Weg führte hinein. Über den Bäumen flirrte die Luft vor Hitze.

Tom schnalzte mit der Zunge und trieb seinen Hengst voran. Vor Aufregung und Angst schlug Toms Herz schneller.

Vorsichtig kämpften sie sich zum Urwald durch.

Aus den Baumwipfeln ertönte ein seltsames Kreischen.

„Mir gefällt es hier nicht", murmelte Elenna.

Tom zog seinen Schild vor die Brust. Silver lief unruhig auf und ab. Sein Schwanz hing schlaff nach unten und seine Ohren lagen eng am Kopf. Es war unmöglich, nicht daran zu denken, dass im Dschungel eine Gefahr auf sie lauerte.

Tom zog Aduros Karte hervor. Sofort sah er, dass das goldene Kettenhemd schon wieder an einer anderen Stelle lag. Ganz in ihrer Nähe!

„Wir haben keine Wahl, Elenna", meinte er und rollte die Karte zusammen. „Wir müssen da rein. Nur wenn wir die Biester besiegen und alle Teile der goldenen Rüstung zurückerobert haben, können wir Aduro helfen."

Kaum hatten die vier Freunde den Dschungel betreten, da schlug ihnen stickige Hitze entgegen. Riesige Pflanzen hingen von oben herab. Ihr schwerer, süßlicher Geruch lag in der Luft.

„Solche Pflanzen habe ich noch nie gesehen“, stellte Elenna fest.

Sie streckte ihre Hand nach einer roten trompetenförmigen Blüte aus. Augenblicklich schloss sich die Blume und Ranken schossen aus dem Gebüsch, die sich wie Schlangen um ihre Hand wickelten.

„Tom!", schrie Elenna.

Er zog sein Schwert und zerschnitt die Schlingpflanze.

„Fass nichts mehr an!", warnte er.

Als sie weitergingen, wurde es dunkler und der Boden feucht. Schon bald watete Storm durch eine stinkende Brühe und seine Hufe versanken immer öfter im Matsch.

Nach einer Weile stieg Tom ab, denn er

wollte nicht, dass sein Hengst auf dem nassen Untergrund ausrutschte. Auch Elenna glitt von Storms Rücken und lief mit Silver voraus.

Das sumpfige Wasser war warm und klebte an Toms Beinen. Er biss die Zähne zusammen und führte Storm am Zügel weiter. Dabei ließ er seinen Blick aufmerksam über die Pflanzen schweifen, denn er hielt Ausschau nach dem Biest.

Durchnässt und müde traten sie auf einmal auf eine kleine, sonnige Lichtung.

Plötzlich schwang sich eine Horde Affen laut kreischend durch die Schlingpflanzen. Silver bellte wütend und Storm bäumte sich überrascht auf, während sich Tom und Elenna vor Schreck auf den Boden warfen.

„Bleib liegen, Elenna“, sagte Tom und zog sein Schwert. Plappernd ließen sich die Affen auf einem Ast nieder und begannen, sich gegenseitig zu kraulen. Tom und Elenna standen auf, dabei sahen sie sich verlegen an.

„Das ist das erste und das letzte Mal, dass ich mich von Affen einschüchtern lasse“, kicherte Elenna nervös.

Als sie weitergingen, schlug Tom mit dem Schwert einen Weg durch das feuchte grüne Unterholz.

Dann blieb Elenna stehen. „Sieh mal", sagte sie und zeigte auf einen zersplitterten Baumstamm.

„Hier muss etwas passiert sein", stellte Tom fest, als er die großen Stücke entdeckte, die jemand aus dem Stamm gehackt hatte. Außerdem lagen überall abgerissene Äste herum.

Elenna hob einen nassen Lumpen vom Boden auf. „Das ist Leinen", sagte sie überrascht.

Es lagen noch weitere Kleidungsfetzen auf der Erde verstreut. Tom und Elenna sahen sich besorgt an. Die zerrissenen Kleider deuteten darauf hin, dass etwas Entsetzliches geschehen sein musste.

In diesem Augenblick raschelte es hinter ihnen. Als Elenna und Tom herumwirbelten, schnellte ein langer Schwanz mit riesiger Kralle an der Spitze auf sie zu.

Tom stieß Elenna aus dem Weg. Als beide zu Boden stürzten, lief es ihm kalt über den Rücken.

Das war Clark! Und jetzt wusste das Biest, dass sie hier waren!

# Clarks Angriff

Tom blickte hoch in die Baumwipfel, aber er konnte nichts erkennen. Er hörte das Rascheln der Blätter und es kam ihm vor, als ob der Dschungel sich über ihn lustig machte.

Auf einmal strömte ein grässlicher Gestank zu ihm herunter. Tom blickte auf, aber das Biest war zu weit oben.

„Wenn ich doch besser sehen könnte", dachte er missmutig. Da erinnerte er sich an den goldenen Helm.

Schnell holte er ihn aus Storms Satteltasche, setzte ihn auf und schaute in die Baumkronen. Er sah jetzt die wunderschönen verschiedenen Formen der vielen Blätter. Und dann entdeckte Tom das Biest. Seine Augen weiteten sich, denn er konnte kaum glauben, was da über ihm im Baum saß.

Clark war ein riesiger Affe mit einer mäch-

tigen, breiten Brust. Seine Arme und Beine waren fast so dick wie die Baumstämme um sie herum. Am Ende seines haarigen Schwanzes war eine gefährliche Kralle. Auch Hände und Füße hatten gekrümmte, scharfe Krallen. In seinem Gesicht wuchsen zottelige schwarze Haare, aber seine Nase war kahl. Aus seinem offenen Maul, das eine Reihe langer Zähne freigab, tropfte dicker Speichel. Seine kleinen, bösen Augen starrten Tom an.

Tom erkannte, dass sie keine Wahl hatten. Sie mussten so schnell wie möglich weg.

„Spring auf, Elenna!", rief er. Er schwang sich auf Storms Rücken und steckte den Helm zurück in die Satteltasche.

Elenna kletterte hinter Tom aufs Pferd. Als er den Hengst scharf wendete, bäumte sich Storm auf und stolperte fast.

Doch bevor Storm sie in Sicherheit bringen konnte, stürzten dicke Äste und große Blätter auf sie nieder, sodass sie vom Pferd fielen. Clark heulte siegessicher über ihnen auf.

Mit aller Kraft versuchte Tom, wieder auf die Beine zu kommen, aber die Schlingpflanzen legten sich wie ein Netz um ihn. Storm wieherte entsetzt und Silver fletschte wütend die Zähne.

„Ich kann mich nicht bewegen!", rief Elenna.

Je mehr sie zappelten, desto enger zogen sich die Schlingpflanzen um sie zusammen.

Toms Arme waren wie festgenagelt. Er konnte nicht nach seinem Schwert greifen.

Wieder brüllte Clark. Voller Schrecken sah Tom, wie der Schwanz des Riesenaffen heranschoss und Elenna vom Boden wegzerrte. Dabei zerriss die Kralle mühelos die Ranken, in denen sich Elenna verfangen hatte.

„Tom!", schrie sie.

„Nein!", brüllte Tom. Er versuchte, sich aus den Pflanzen herauszuwinden. Hilflos musste er zusehen, wie das Biest Elenna in die Baumkronen zog.

Währenddessen schlug sie schreiend um sich und hieb mit ihren Fäusten auf Clark ein. Aber gegen den Riesenaffen konnte sie nichts ausrichten. „Tom!", schrie sie erneut.

Dann war es plötzlich still. Wohin hatte das Biest sie verschleppt?

Knurrend zerbiss Silver die Lianen und rupfte sie von Tom weg.

„Braver Junge", lobte Tom den Wolf, als er seine Beine wieder bewegen konnte.

Nachdem auch seine Arme befreit waren, zog Tom sein Schwert und zerschnitt damit die letzten Ranken.

„Solange Blut in meinen Adern fließt“, schwor Tom, „werde ich alles tun, um meine Freundin zu retten!“

Wütend zerfetzte er die Pflanzen, die sich um Storms Fesseln gewunden hatten.

Clark hatte auf seinem Weg durch den Dschungel eine schreckliche Verwüstung hinterlassen. Abgebrochene Äste und zerrissene Blätter lagen da, wo er entlanggekommen war. Daher war es für Tom leicht, den Spuren zu folgen. Aber er musste sich dem Biest vorsichtig und leise nähern, wenn er Elenna befreien wollte.

Kaum hatte Silver jedoch Witterung von ihr aufgenommen, warf er den Kopf zurück und jaulte laut.

„Sei still!“, befahl Tom und klopfte dem Wolf beruhigend aufs Fell. Das Biest durfte auf gar keinen Fall merken, dass sie hinter ihm her waren.

Doch es war zu spät. Neben sich hörte er ein vertrautes Rascheln. Er sah den riesigen Schatten des Biests und schaute hoch. Clark hockte wieder in den Baumkronen über Tom, aber von Elenna war nichts zu sehen. Wo war sie bloß?

Plötzlich schoss der Schwanz mit der entsetzlich großen Kralle heran.

Diesmal duckte sich Tom rechtzeitig. Dafür erwischte der Schwanz aber Storm und Silver. Die beiden versuchten auszuweichen und Tom konnte sie nicht mehr sehen. Er hoffte, dass sie sich nicht verletzt hatten.

Kurz darauf peitschte der Schwanz wieder in Toms Richtung.

Doch diesmal schnappte Tom zu und hielt ihn fest.

„Komm her, du Feigling!", rief er und zog kräftig, damit das Biest herunterfiel.

Aber der Riesenaffe riss seinen Schwanz mit einem einzigen, kräftigen Ruck einfach hoch und schleuderte Tom in einem hohen Bogen durch die Luft. Tom hielt sich mit aller Kraft fest. Clark schrie wie verrückt und sprang von Baum zu Baum. Tom flog wild mit ihm durch den Urwald. Dabei brachen Äste entzwei und

Zweige zerfetzten seine Kleider. Er konnte kaum noch atmen, weil das Biest ihn durch dichte Pflanzen zerrte, die sein Gesicht zerkratzten.

„Das war's", glaubte Tom. „Es gibt keinen Ausweg mehr. Niemals komme ich lebend aus diesem Dschungel heraus!"

# Freier Fall

Tom konnte sich nicht mehr länger festhalten. Seine Kleider waren zerrissen und seine Arme und Beine voller Kratzer.

Also wartete er einen günstigen Augenblick ab und ließ den Schwanz des Biests los. Dann stürzte er in die Tiefe. Im letzten Moment, bevor er auf den Boden schlug, griff er nach einem dicken Ast. Völlig außer Atem klammerte er sich daran und zog sich hoch.

Brüllend richtete sich Clark über ihm auf.

Der Riesenaffe trommelte so mächtig auf seine zum Himmel gestreckte Brust, dass der Urwald erzitterte.

Zum ersten Mal sah er Clark jetzt ganz, denn er schwang sich über ihm durch die Blätter. Jetzt wusste Tom, warum das Kettenhemd auf Aduros Karte dauernd woanders aufgeblinkt war. Der Affe hatte es übergezogen. Bewundernd betrachtete er das magische Schimmern.

Plötzlich ließ sich das Biest durch die Bäume fallen und stürzte auf Tom hinab. Clark formte seine Lippen zu einem bösen Grinsen und entblößte erneut seine furchtbaren Zähne. Tom zog sein Schwert und schlug mit der Klinge um sich. Aber im Gegensatz zu ihm war Clark auf den Bäumen zu Hause, deshalb war der Riesenaffe im Vorteil.

Schon wieder schoss der Schwanz mit der scharfen Kralle auf Tom zu. Diesmal schlug er ihm das Schwert aus der Hand. Voller Schreck sah Tom, wie seine Waffe herunterfiel und im Gebüsch verschwand. Nun war er wehrlos.

Tom riskierte einen weiteren Blick nach unten. Die Erde schien unheimlich weit weg. Er musste zurück auf den Boden, hier oben war es zu gefährlich. Er schob den Schild auf seinen Rücken, um besser klettern zu können.

„Denk nach, Tom!“, befahl er sich selbst.

Endlich fiel ihm etwas ein.

Er hatte ja noch die Adlerfeder, die in seinem Schild steckte. Er hatte sie von Arcta, dem Bergriesen, geschenkt bekommen. Sie schützte ihn bei Stürzen aus großer Höhe.

Rasch zog Tom den Schild vor sich und hielt ihn über den Kopf. Dann holte er tief Luft und sprang.

Tom sauste an Ästen und Schlingpflanzen vorbei, aber die magische Kraft der Feder bremste seinen Fall. Trotzdem schlug er hart auf die Erde auf und wurde augenblicklich von Blättern und Zweigen begraben. Erleichtert stellte er fest, dass sein Schwert neben ihm lag. Schnell ergriff er es.

Clark brüllte. Das Echo seines Schreis hallte durch den ganzen Dschungel. Danach blieb es ruhig. Anscheinend hielt der Riesenaffe Tom für tot.

Still lag Tom auf dem Boden und dachte an Elenna, Storm und Silver. Er hatte seine Freunde nicht mehr gesehen, seit das Biest ihn mit dem Schwanz fortgerissen hatte. Hoffentlich waren sie noch am Leben!

Plötzlich hörte er Storm wiehern. Der Boden bebte unter den Hufschlägen des Pferdes, als es zusammen mit Silver angestürmt kam. Nachdem der Wolf Tom entdeckt hatte, stupste er ihn an und der Hengst prustete laut.

„Leise", flüsterte Tom und streichelte seine Nüstern. „Mir geht's gut. Wir müssen Elenna finden!"

Dann schaute er durch die Blätter nach oben. Dort in den Baumkronen war kein Biest zu erkennen. Also stand Tom auf. Es war unglaublich, dass er sich nichts gebrochen hatte.

Als er auf seinen Schild blickte, bedankte er sich im Stillen bei den Biestern von Avantia. Sie hatten ihm mächtige Geschenke gemacht: Fernos Drachenschuppe beschützte ihn vor Feuer und Hitze, Seprons Zahn vor Fluten und Nanooks Glocke half ihm bei extremer Kälte. Das Stückchen aus Tagus Hufeisen verlieh ihm Schnelligkeit und Eposs' goldene Kralle konnte Wunden heilen.

Mit großer Anstrengung zerschlug er die Schlingpflanzen, die sich um seinen Körper schlangen. Immer wieder umwickelte ihn der dichte Farn des dunklen Dschungels.

Silver schnüffelte am Boden entlang. Dann spitzte er die Ohren und bellte kurz auf. Er hatte Witterung von Elenna aufgenommen. Sofort schwang sich Tom in den Sattel, um schneller bei ihr zu sein.

„Wir kommen, Elenna“, dachte er, „halte durch!“

Silver rannte auf Elennas Fährte durch den Dschungel. Storm und Tom jagten ihm nach. Von den Bäumen hingen zerknickte Äste herab. Das Biest hatte sich einen Weg durch das Laub gebahnt, sodass es einfach war, ihm zu folgen.

Storm wich dicken Baumstämmen aus, raste unter Schlingpflanzen hinweg und nahm scharfe Kurven, um den Wolf nicht zu verlieren.

Allmählich wurde es heller, weil die Bäume nicht mehr so eng nebeneinanderstanden. Silver sprang in großen Sätzen vorwärts und Tom trieb Storm noch weiter an. Der Hengst warf den Kopf hoch und galoppierte schnell an Silver vorbei.

Plötzlich kamen sie aus dem Wald heraus und der Boden vor ihnen fiel abrupt ab. Storm bremste und schaffte es im letzten Augenblick, stehen zu bleiben.

„Silver!", rief Tom. „Pass auf!"

Der Wolf versuchte noch umzudrehen, aber es war zu spät. Entsetzt sah Tom, wie Silver über den Rand des Abgrunds fiel und verschwand.

# Im Vulkankrater

Tom rutschte aus dem Sattel und robbte vorsichtig zur Kante der Schlucht. Erschrocken sah er, dass sich unter ihm ein riesengroßer Vulkankrater ausbreitete. Doch aus diesem Krater hier rauchte und qualmte es nicht. Hier wuchs ein zweiter kleiner Urwald in der Tiefe.

„Dies muss ein erloschener Vulkan sein", dachte Tom.

Tief unter ihm befand sich nun die dunkle Kratermitte. Es schien so, als ob sich die

Bäume dem Himmel entgegenstrecken würden, um mehr Licht zu bekommen. Wegen der vielen Blätter war kein Urwaldboden zu erkennen.

Silver konnte den Absturz unmöglich überlebt haben.

Daher traute Tom seinen Augen kaum, als direkt unter ihm ein silbriger Pelz erschien. Es war wirklich Silver! Der Wolf hockte auf einem schmalen Stück Felsen an der Kraterwand. Er war also gar nicht tief gefallen, sondern hatte

es irgendwie geschafft, auf einem versteckt gelegenen Felsvorsprung zu landen.

Tom streckte den Arm nach Silver aus und der Wolf leckte seine Hand. Dann griff Tom nach ihm, zog das schwere Tier hoch und strich ihm erleichtert über den Kopf.

Plötzlich riss sich der Wolf von ihm los und rannte wieder zum Kraterrand. Schnüffelnd lief er auf und ab. Dann knurrte er, aber seine braunen Augen blickten Tom sanft an.

„Was ist?", fragte Tom hoffnungsvoll.

Jaulend sprang Silver wieder zum Abgrund vor, um knapp vor der Kante stehen zu bleiben. Dabei lösten sich ein paar Steine und stürzten in die Tiefe.

Tom holte rasch den goldenen Helm aus der Tasche. Vielleicht konnte er damit das erkennen, was Silver entdeckt hatte.

Er setzte ihn auf und schaute in den Krater.

Mit dem Helm sah er jeden einzelnen Käfer und die Schlangen, die sich zwischen den Blättern versteckten. Er entdeckte eine Stelle, an der kaum Bäume und Büsche wuchsen. Zwischen den wenigen Pflanzen sah er Elenna, die mitten im Krater auf der Erde hockte. Sie hatte ihre Arme um die Beine geschlungen und ihren Kopf auf die Knie gelegt. Um sie herum waren abgenagte Knochen verstreut. Dort unten, tief im Krater, war also Clarks Versteck. Elenna schien unverletzt. Doch ohne Hilfe käme sie niemals die steilen Wände hoch.

In Toms Kopf überschlugen sich die Gedanken. Er musste das Biest besiegen, um das goldene Kettenhemd zu bekommen.

„Du schaffst es", sprach Tom sich selbst Mut zu. „Schritt für Schritt!"

Zum Glück war das Biest nicht in der Nähe. Es sollte auf keinen Fall mitbekommen, dass er Elenna gefunden hatte. Dann pfiff er leise, sodass seine Freundin auf ihn aufmerksam wurde, aber Clark ihn nicht hören konnte.

Elenna blickte auf und entdeckte Tom zwischen den Ästen. Gerade als sie vor Freude laut rufen wollte, legte Tom seinen Finger an die Lippen, um sie zu warnen. Clark konnte nicht weit weg sein, da sein Gestank in der Luft lag.

Tom sah sich nach dem Biest um. Wo hielt sich der Riesenaffe bloß auf?

Schließlich entdeckte er ihn. Clark saß auf einem Baum am Rand des Kraters und sein Schwanz hing schlaff herunter. Anscheinend schlief das Ungeheuer. Das Kettenhemd, das es nach wie vor trug, klirrte leise.

Toms Herz schlug schneller vor Aufregung, denn das funkelnde Hemd schien nach ihm zu rufen, sodass er kurz innehielt.

„Zuerst Elenna", dachte er dann.

Aber er fand keine Möglichkeit, in den Krater zu klettern. Die Wände waren einfach zu steil. Und die Schlingpflanzen und Bäume wuchsen nicht hoch genug, um sie zu erreichen. Tom war ratlos, denn ihm fiel nicht ein, wie er Elenna retten könnte.

Als er erneut zu seiner Freundin hinabsah, machte Elenna mit den Armen seltsame Bewegungen. Es dauerte ein bisschen, bis Tom verstand, dass sie ihren Bogen und ihre Pfeile haben wollte.

Sorgfältig suchte er mit seinen Blicken Clarks Versteck ab.

Endlich entdeckte Tom den vertrauten Lederköcher und den Bogen. Beides hatte sich an einem dünnen Ast in der Felswand verfangen. Die Waffen drohten jeden Augenblick herunterzufallen.

Tom streckte den Arm danach aus, kam jedoch nicht nahe genug heran. Bestürzt sah er, dass der Köcher von einem Windstoß erfasst wurde und gefährlich wackelte. Tom musste sich beeilen.

Mit einer Hand umklammerte er eine Schlingpflanze, die neben ihm wuchs. Dann lehnte er sich mit seinem Oberkörper über den Rand des Kraters und griff mit der anderen Hand nach dem Köcher. Zwar kam er mit seinen Fingerspitzen dran, aber er konnte ihn immer noch nicht packen. Tom lockerte seinen Griff um die Pflanze etwas und stemmte seine Füße fest in den Boden. Er brauchte nur noch ein paar Millimeter … wenige Millimeter …

Plötzlich rutschte er ab und die Schlinge um seine Hand riss. Sollte seine Mission schon vorbei sein?

Kurz bevor er über den Kraterrand glitt, hielt ihn etwas an seinem Bein fest.

Silver! Der Wolf hatte Toms Hose fest zwischen seinen Zähnen. Tom schnappte sich schnell Köcher und Bogen, dann zog ihn der Wolf weg vom Abgrund.

„Danke, Silver", sagte Tom und umarmte den Wolf. „Was hätte ich bloß ohne dich getan?"

Dann band Tom die Waffen an Schlingpflanzen fest und schleuderte sie zu Elenna. Wortlos hob sie beide auf, spannte den

Bogen und schoss einen Pfeil nach dem anderen ab.

Als Tom sah, wohin sie zielte, wurde ihm klar, was sie vorhatte. Die Pfeile steckten in der Kraterwand und bildeten eine Leiter. So konnte Elenna die Wand hinaufsteigen und wäre bald in Sicherheit.

Erschöpft sank Tom zu Boden. Die Erde unter seinem Rücken fühlte sich angenehm kühl an. Schon gleich würde Elenna aus dem erloschenen Vulkan geklettert kommen und danach würden sie Clark besiegen.

# Elennas Flucht

Nachdem Tom sich etwas erholt hatte, blinzelte er in die Baumkronen. Mithilfe des Helms konnte er deutlich sehen, dass Clark schlief. Arme und Beine des Biests hingen wie dicke behaarte Seile herab. Nach wie vor funkelte das goldene Kettenhemd.

Tom robbte zum Kraterrand und beobachtete, wie Elenna auf den ersten Pfeil stieg. Er bog sich unter ihrem Gewicht und sie hatte Mühe, das Gleichgewicht zu halten.

Tom sprang auf und rannte zum nächsten Baum. Mit seinem Schwert schnitt er eine lange Schlingpflanze ab und wickelte ein Ende um den Baum. Das andere Ende warf er über den Kraterrand in Elennas Richtung. Das Pflanzenseil reichte zwar nicht ganz bis zu Elenna, aber wenn sie es bis zur Hälfte des Kraters schaffte, dann würden Tom und Silver ihr hoch helfen können.

Elenna nickte Tom dankbar zu, als sie begriff, was er vorhatte. Zunächst aber musste sie das Seil erreichen.

Bewundernd sah Tom zu, wie seine Freundin von Pfeil zu Pfeil kraxelte. Jedes Mal, wenn sie einen Pfeil hinter sich gelassen hatte, bückte sie sich nach ihm und steckte ihn in den Köcher zurück. Endlich griff Elenna nach der Schlingpflanze. Tom und Silver zogen sie schnell hoch. Als er die warme Hand seiner Freundin ergriff, hätte er vor Freude am liebsten laut gejubelt.

„Wir haben es geschafft", flüsterte er, als sie sich umarmten.

Endlich waren sie alle wieder zusammen!

Jetzt war es Zeit, gegen das Biest zu kämpfen, um das goldene Kettenhemd zurückzuerobern.

„Wenn ich auf diesen Baum da klettere, kann ich Clark im Schlaf überraschen", sagte Tom leise. „Dann sind wir im Vorteil."

Elenna nickte zwar zustimmend, blickte ihn jedoch ängstlich an.

Tom ging zu einem großen Baum und zog an einem Ast, um zu testen, ob er sein Gewicht tragen würde. Der Stamm knarrte und begann zu schwanken. Entsetzt bemerkte Tom, dass sich auf einmal die Wurzeln aus dem weichen Boden lösten.

„Der ist hohl!“, rief Elenna.

Sie wich zurück, weil der Baum umzukippen drohte. Schnell schnappte sich Tom die Zügel von Storm, während Elenna Silver packte. Alle vier flüchteten. Der Baum landete so hart auf der Erde, dass der Aufprall durch den dunklen Dschungel dröhnte. Danach war lautes Gebrüll aus dem Blätterdach zu hören. Sie hatten Clark geweckt!

„Das war's dann wohl mit unserem Vorteil“, keuchte Elenna.

Voller Angst sah Tom, wie sich der Riesenaffe von Ast zu Ast hangelte und zwischendurch auf seine Brust trommelte.

„Wir dürfen nicht aufgeben, Elenna“, meinte Tom. „Ich muss an das Kettenhemd kommen!“

„Ich weiß“, erwiderte sie besorgt. „Aber sei vorsichtig!“

Schnell steckte Tom den Helm in die Satteltasche und gab Elenna den Schild.

„Nimm du ihn, um dich zu schützen", erklärte er.

Dann lief Tom zu dem dicksten Baum, den er in der Nähe finden konnte, und kletterte den Stamm hinauf.

Clark schimpfte erst wütend, dann holte er mit dem Schwanz aus. Anscheinend ahnte er, dass Tom ihn angreifen wollte.

Tom konnte gerade noch dem Schlag des Schwanzes ausweichen. Blätter und Zweige regneten nach unten. Obwohl der ganze Baum wackelte, stieg Tom immer höher. Dann schwang er sich auf einen Ast, der dick genug

war, um darauf zu stehen, und zog sein Schwert. Als ihm der Schwanz das nächste Mal entgegenkam, holte Tom kräftig mit dem Schwert aus. Er traf den Affen zwar nicht,

dafür krachte aber der Baum zusammen, auf den Clark gesprungen war. Brüllend und mit wütendem Gesicht fiel das Biest durch das Blattwerk. Als es an Tom vorbeirauschte, zersplitterte es mit der Faust den Ast, auf dem Tom stand.

Tom fiel hinunter und landete auf einem Blätterhaufen.

Nur ein paar Schritte von ihm entfernt torkelte Clark langsam und ungeschickt umher. Hatte er sich etwa verletzt? Doch dann zog er sich schwungvoll auf den nächstbesten Baum zurück. Kaum war er oben, bewegte er sich wieder viel schneller und sicherer.

Enttäuscht und erschöpft wollte Tom dem Biest schon folgen, aber Elenna hielt ihn am Oberarm zurück.

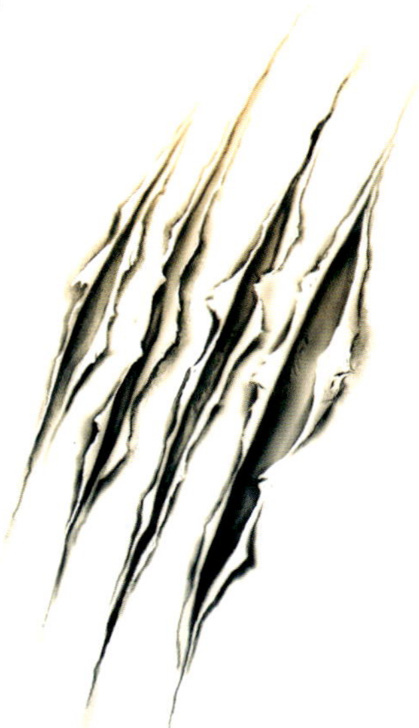

„Tom“, sagte sie mit klarem Blick. „Hast du denn nicht gesehen, dass Clark sein Gleichgewicht auf dem Boden kaum halten kann?“

„Doch, das war komisch. Meinst du etwa, er

hat sich bei dem Sturz eben verletzt?“, fragte Tom. „Aber schau nur, jetzt scheint er wieder so stark wie vorher zu sein.“ Tom seufzte. „Elenna … wie kann ich ihn nur besiegen?“

„Das Biest hat sich nichts getan“, entgegnete Elenna bestimmt. „Ich glaube, dass es wegen seiner gekrümmten Krallen auf dem Waldboden nicht gut laufen kann. Tom, oben in den Bäumen wirst du Clark nicht besiegen – wir haben ja gesehen, dass er sich ohne Probleme von Baum zu Baum hangelt oder sogar springt. Aber wenn du es schaffst,

dass er dir bis auf den Boden folgt … dann kannst du ihn locker bekämpfen."

Tom blickte Elenna an. Sie hatte recht, denn die gebogenen Krallen des Biests waren zwar perfekt dazu geeignet, in den Baumwipfeln umher zu schwingen, aber zum Gehen waren sie kaum zu gebrauchen. Doch wie konnte er Clark ohne Hilfe nach unten locken? Es schien unmöglich. Tom seufzte erschöpft.

Da erinnerte er sich an Aduros Stimme: „Gib die Hoffnung nicht auf, Tom! Hast du etwa vergessen, was du mit dir trägst?"

„Aber ja", dachte Tom, „ich bin nicht allein. Avantias mächtige Biester sind an meiner Seite."

Ohne Sepron, das Seeungeheuer, hätte Tom dem Monster-Tintenfisch Zefa niemals den goldenen Helm abnehmen können. Jetzt war es an der Zeit, ein weiteres gutes Biest von Avantia um Hilfe zu bitten. Tom brauchte nur an dem Geschenk auf seinem Schild zu reiben. Er wusste ganz genau, welches Biest er rufen musste. Diese Vorstellung machte ihn nervös, weil es sich um eines der mächtigsten Biester von Avantia handelte: nämlich um Ferno, den Feuerdrachen.

## Hilfe aus der Luft

Elenna reichte Tom den Schild. Schnell rieb er über die Drachenschuppe, die im Schild verborgen war. Als er den Drachen in der Ferne brüllen hörte, fühlte Tom sich mit einem Mal mutiger. Um sie herum war es sehr heiß geworden und am Himmel über dem Urwald begann es rötlich zu schimmern. Kreischend flohen die Geschöpfe des Dschungels.

Avantias Feuerdrache flog über den grünen Krater und entzündete einen riesigen Feuerkreis. Dabei schlug Ferno kraftvoll mit seinen dunklen, lederartigen Flügeln. Aus seinem bläulichen Gesicht funkelte er Tom und Elenna mit rot glühenden Augen an.

Sie beobachteten, wie Ferno immer mehr Rauch und Feuer in den stickigen Urwald spie.

Es wurde dunkel, brennende Äste knisterten und verbrannte Bäume krachten um.

Clarks Versteck wurde ausgeräuchert!

Sie hörten den Riesenaffen vor Wut laut brüllen. Er schwang sich von Ast zu Ast und trommelte immer wieder auf seine Brust. Aber es nützte nichts. Ferno spuckte wieder Feuer und die lodernden Flammen spiegelten sich in seinen glänzenden, glatten Schuppen. Clark stieß noch einmal einen Schrei aus und floh dann in den dunklen Dschungel.

Der Drache flog über ihm und verfolgte Clarks Weg durch die Baumkronen. Mit seinem schuppigen Schwanz schlug Ferno die Bäume, in die der Riesenaffe springen wollte, einfach um. Kreischend flatterten Papageien hoch. Überall brannten die Baumwipfel.

„Los, Ferno! Gib's ihm!", feuerte Elenna den Drachen an.

Auch Tom fieberte mit. Bald kam Clark nicht mehr weiter. Er rang nach Luft und schlug verzweifelt auf den Rauch ein. Doch der legte sich wie ein dichter Nebel um ihn, nur am Boden konnte man noch atmen.

Clark knurrte wütend, als er sich am Kraterrand auf die Erde fallen ließ.

Kaum war das Biest gelandet, erhob Tom seine blitzende Klinge. Den Schild hielt er schützend vor seinen Kopf. Weil der Riesenaffe mit seinen Krallen nicht richtig laufen konnte, stolperte er, als er flüchten wollte. Tom jagte ihn durch das Unterholz. Das Biest hüpfte so ungelenk davon, dass Tom sich auf einen schnellen Kampf vorbereitete.

Elenna ließ einen Pfeilregen auf Clark niedergehen, sodass er vor Schmerzen heulte.

„Los, Silver!", befahl sie.

Doch der Wolf geriet zwischen die Beine des Affen und wurde weggeschleudert. Storm schlug mit seinen Hufen auf das Biest ein.

Mithilfe seiner Freunde umzingelte Tom den Riesenaffen und trieb ihn endlich in die Enge.

Clark fletschte seine Furcht einflößenden gelben Zähne. Schnell zielte Tom mit dem Schwert auf das goldene Kettenhemd.

Er musste es unbedingt bekommen – egal wie!

Allerdings war Clark noch nicht vollkommen hilflos. Sein langer Krallenschwanz peitschte durch die Luft, sodass Tom zurücksprang. Sobald er sich dem Biest näherte, musste Tom schon wieder ausweichen. Wie er es auch anstellte, mit dem Schwert konnte er das Kettenhemd nicht erreichen.

Verzweifelt versuchte Tom, den Riesenaffen abzulenken. Er pfiff nach Storm. Als der Hengst heranpreschte, verschwand Clark im Gebüsch. Tom nutzte die Gelegenheit und kletterte auf einen Ast, der sich auf gleicher Höhe mit Clarks Hals befand. Er zielte und stieß die Schwertspitze in die Metallöse, die das Kettenhemd zuhakte. Dann zog er kräftig, aber der Verschluss öffnete sich nur zur Hälfte.

Schießlich richtete das Biest seinen Blick auf Tom und wickelte ihn blitzschnell mit seinem

Schwanz ein. Voller Panik starrte Tom in das schreckliche Gesicht, während der Riesenaffe ihn hochhob. Toms Beine baumelten in der Luft. Er wehrte sich heftig, aber Clarks Griff wurde immer enger. Weil seine Arme eingeklemmt waren, kam Tom nicht an sein Schwert. Das Biest drehte sich zu einem Baum um, der noch nicht brannte, und wollte auf einmal hochspringen.

„Nein!", schrie Tom.

Plötzlich hörte er ein hohes Wiehern – Storm! Mit Elenna!

Sie kam im Galopp auf dem Rücken des Hengstes auf den Riesenaffen zu. In ihrer Hand hielt sie einen abgebrochenen Ast. Wie einen Speer schleuderte Elenna ihn auf das Biest. Das spitze Ende bohrte sich genau dort hinein, wo das Hemd zugehakt war, und blieb stecken. Ein leises Klirren ertönte und das Kettenhemd rutschte an einer Seite von Clarks Schulter.

Das Biest war so überrascht, dass es den Würgegriff löste. Tom landete auf der Erde. Er atmete tief durch, aber er hatte keine Zeit, sich um seine Wunden zu kümmern. Jede Sekunde zählte.

Kreischend zog Clark den Speer aus seiner

Brust und wirbelte seinen mächtigen Schwanz durch die Luft.

„Ferno!", schrie Tom und hielt seinen Schild über den Kopf.

Tom sah, wie sich der riesige, schuppenbesetzte Drachenkopf durch das Blätterdach schob. Ferno verstand, was Tom vorhatte, und stieß einen Feuerstrahl aus, der vom Schild abgelenkt wurde, um Clark zu treffen.

Blitzartig zog der Riesenaffe seinen Schwanz ein. Ängstlich sprang er davon, während Fernos Flammen sich durch das Dickicht fraßen. Überall um Tom herum brannten die Bäume. Sein Schild schützte ihn zwar vor der Hitze, doch es würde nicht mehr lange dauern, dann würden er und seine Freunde ersticken.

„Noch mal, Ferno!", rief Tom, obwohl seine Augen vor Rauch brannten und tränten.

Brüllend spie Ferno ein zweites Mal Feuer aus. Elenna schrie auf, weil Tom nach hinten zu kippen drohte, als die Flammen gegen seinen Schild prallten. Aber Tom lenkte sie um, sodass sie das Biest trafen.

# Das goldene Kettenhemd

Kreischend torkelte Clark davon, aber er konnte nicht entkommen. Um ihn herum stand alles in Flammen. Der Riesenaffe ging in die Knie. Da stürzte Tom sich auf ihn und riss die Schnalle des Kettenhemds auf. Das goldene Hemd glitt zu Boden.

Als Tom es sich geschnappt hatte, erschütterte Fernos Gebrüll den Dschungel. Eine breite Feuersäule stieg auf und hüllte Clark in eine dicke schwarze Rauchwolke.

Tom schwang hilflos sein Schwert durch die Luft – bereit, alle zu verteidigen, die ihm wichtig waren. Nachdem der Qualm sich verzogen hatte, war Clarks zotteliger Pelz nirgends mehr zu sehen. Stattdessen hüpfte eine Horde Äffchen fröhlich in den Ästen herum. Wo war das Biest abgeblieben?

Elenna war genauso verblüfft wie Tom. Sie starrten auf die Stelle, wo Clark eben noch gewesen war, dann blickten sie in die Baumwipfel, wo die Äffchen friedlich umhersprangen. Was war bloß geschehen?

Das Biest war wie vom Erdboden verschluckt – der Kampf war vorbei. Tom sank nieder. Seine Lungen brannten. Wie durch Watte hörte er Elennas Stimme.

„Tom!", rief sie. „Wir haben es geschafft!"

Und jetzt stieß auch Ferno über ihnen einen

lauten Siegesschrei aus. Seine mächtigen Drachenflügel hoben und senkten sich über den verkohlten Resten des Urwalds.

„Danke, Ferno“, flüsterte Tom.

Bevor der Drache weiterflog, brüllte er noch ein letztes Mal. Diesen Klang würde Tom niemals vergessen. Er sah Ferno hinterher, der bald nur noch ein Punkt am Horizont war.

Dann blickte er in Elennas rußverschmiertes, aber fröhliches Gesicht.

„Jetzt gehört das Kettenhemd dir, Tom", sagte sie triumphierend.

Er stand auf und hielt das goldene Hemd vor sich. Nun hatte er tatsächlich das zweite Teil der kostbaren Rüstung. Das Metall strahlte eine angenehme Wärme aus. Tom ließ das Kettenhemd heruntersinken. Es war unglaublich schwer. Niemals würde er solch ein Gewicht tragen können. Als er es jedoch anzog,

passten sich die Kettenglieder wie von selbst seiner Körpergröße an und waren nun federleicht.

Tom spürte ein unbekanntes, magisches Pochen in seiner Brust. Seine erschöpften Muskeln erholten sich und er fühlte sich tapfer wie ein Löwe.

Er blickte zu Elenna, Storm und Silver.

„Wahnsinn", murmelte er. Dabei strich er über das Hemd. „Der Helm lässt mich weit sehen und das Kettenhemd gibt mir Mut. Ich könnte sofort noch zehn Biester bekämpfen, Elenna … nein, sogar zwanzig!"

Elenna grinste. „Gut gemacht, Tom", sagte sie.

„Aber ich hätte Ferno nie gerufen, wenn du nicht vorgeschlagen hättest, Clark auf den Boden zu locken", meinte Tom.

„Klar“, antwortete Elenna zufrieden. „Ich bin eben der Kopf unserer Mission!“

Da schnaubte Storm und stupste Tom an. Tom streichelte das verstaubte Fell seines Hengstes, während Silver hechelnd vor Elennas Füßen lag.

Als Tom das Kettenhemd auszog, kehrte seine Erschöpfung zurück. „Ich könnte eine Woche schlafen“, gähnte er. „Aber wir müssen noch die anderen Teile der goldenen Rüstung finden. Außerdem müssen wir Aduro …“

Er schwieg und machte ein ernstes Gesicht. War König Hugos Zauberer überhaupt noch am Leben? Wie lange würde Aduro der bösen Magie von Malvel noch standhalten?

„Wir müssen weiter“, sagte Tom dann. „Wir müssen unsere Mission beenden. Erst dann können wir Aduro befreien.“

Sie gingen den Weg zurück, den sie gekommen waren, vorbei an verbrannten Bäumen. Ferno hatte verkohlte Schneisen hinterlassen, auf denen sie jetzt bequem gehen konnten.

Dann liefen sie durch den Teil des Dschungels, den Ferno verschont hatte. Hier waren die Schlingpflanzen und wilden tropischen Blumen so ineinander verwachsen, dass sie nur mühsam vorankamen. Kleine, harmlose Affen saßen in den Baumwipfeln und hangelten sich durch die Äste.

„Pass auf die Schlangen auf, Elenna!", warnte Tom. „Sie sind überall."

Mit einem Mal stieg Nebel vor ihnen auf.

„Ihr solltet nicht nur den Schlangen aus dem Weg gehen!", höhnte eine bekannte Stimme.

Tom hielt den Atem an. Er zog sein Schwert, als ein Bild von Malvels Gesicht über den Bäumen erschien.

„Wir haben schon zwei Teile der Rüstung, Malvel!", rief Tom mutig. „Clark haben wir auch besiegt. Es wird nicht mehr lange dauern, bis wir die ganze Rüstung zurückhaben. Dann werden wir Aduro retten!"

„Wartet nur ab, ob ihr noch genauso sicher seid, wenn ihr auf meine schöne Soltra trefft", erwiderte Malvel.

„Wo ist Aduro?", fragte Tom unbeirrt.

Malvels böses Lachen hallte durch den Urwald. Sein Bild verschwand und stattdessen sahen Tom und Elenna den bewaldeten Krater, wo neben den Knochen nun auch ein blauer Stofffetzen lag.

„Aduro trägt einen blauen Umhang", sagte

Elenna zornig. „Was hast du mit ihm gemacht, Malvel? Wehe, wenn du ihm etwas getan hast …"

Wieder dröhnte Malvels spöttisches Lachen durch den Dschungel. Das Bild des Kraters löste sich auf. In diesem Moment spürte Tom, dass ihn etwas berührte. Er wirbelte herum, konnte aber nichts erkennen.

„Viel Glück für dich und deine armseligen Freunde", flüsterte Malvels Stimme in sein Ohr.

Dabei hatte Tom das Gefühl, dass ihn ein kalter Fledermausflügel an der Wange streifte. „Denn Glück werdet ihr für das, was euch noch erwartet, brauchen."

Tom legte seine Hand um sein Schwert und spürte das beruhigende Gewicht seines Schildes auf dem Rücken. Er dachte an den goldenen Helm und das Kettenhemd, das auf Storms Rücken glitzerte. Sie waren nicht allein auf ihrer Mission. Avantias Biester standen an ihrer Seite. Mit jedem bösen Ungeheuer von Malvel, das sie besiegten, bekamen sie ein weiteres Teil der goldenen Rüstung. Toms Kräfte wurden von Mal zu Mal stärker.

„Wir sind bereit!", rief Tom und stieß das Schwert in die Luft.

„Was auch immer wir bestehen müssen, Malvel. Solange Blut in meinen Adern fließt, werde ich kämpfen!"

Der Wald des Grauens
Das westliche Meer
Die rote Wüste